La petite imagerie

LES PIRATES

FLEURUS

Qui sont les pirates ?

Ce sont des hors-la-loi, des vagabonds ou d'anciens marins assoiffés de fortune. Ils sont souvent jeunes et vigoureux, car la vie à bord est difficile. Parmi eux, il y a toujours un charpentier pour réparer le navire.

Les pirates embarquent sur le bateau avec leur ancien costume de marin ou des habits volés.

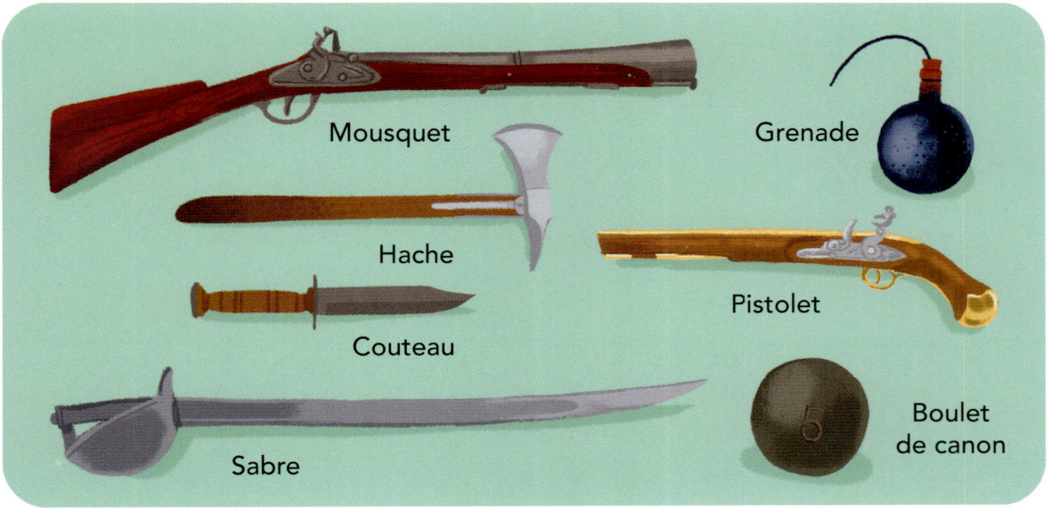

Un couteau pour se défendre, une hache pour couper les cordages d'un bateau, un pistolet pour tirer sur les marins, une grenade pour faire exploser le navire ennemi : le pirate possède toute une panoplie d'armes.

Ce pirate a perdu un œil au cours d'une bataille et le cache sous un bandeau. Son foulard le protège du soleil, intense en pleine mer.

Il y a très peu de femmes pirates. Mais celles qui le sont s'habillent comme des hommes et combattent avec la même férocité !

Un bateau pirate

Les pirates sillonnent les mers pour attaquer les navires marchands, chargés de nombreuses richesses. Leur bateau doit être rapide et facile à manœuvrer pour surprendre l'ennemi.

1. Pont du bateau
2. Chaloupe
3. Cabine du capitaine
4. Infirmerie
5. Dortoir
6. Réserves de nourriture
7. Cuisine
8. Réserves de poudre et d'armes

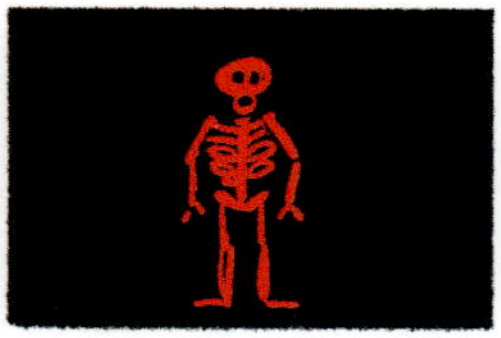

Chaque bateau pirate possède son propre pavillon, un drapeau souvent noir ou rouge avec une tête de mort, des os ou des armes, parfois des cœurs. Les pirates le dressent à l'avant du navire pour effrayer leurs ennemis. Ils s'emparent aussi des pavillons des bateaux qu'ils attaquent.

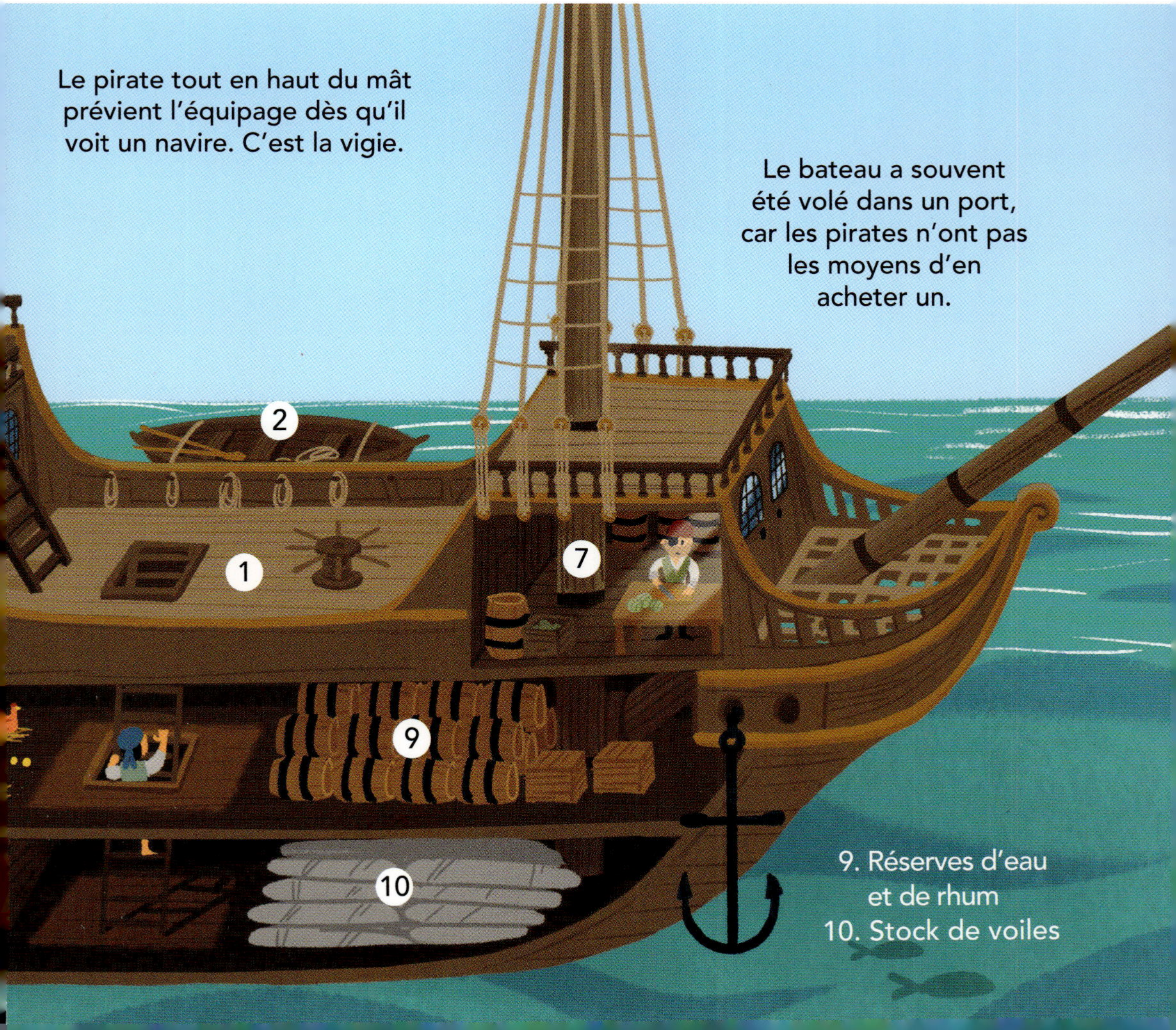

Le pirate tout en haut du mât prévient l'équipage dès qu'il voit un navire. C'est la vigie.

Le bateau a souvent été volé dans un port, car les pirates n'ont pas les moyens d'en acheter un.

9. Réserves d'eau et de rhum
10. Stock de voiles

La vie à bord

Sur le bateau, chacun doit respecter un code de conduite et participer aux tâches quotidiennes. Il faut nettoyer les armes, s'occuper des voiles et des mâts... Tout sera prêt pour le prochain assaut.

Pour que le sol ne glisse pas, le pont du bateau est brossé à fond tous les jours.

À bord, le chef est désigné par l'équipage. S'il ne fait pas bien son travail, il peut être renvoyé, et même tué !

Sur le bateau, tous les pirates sont égaux. Pour prendre une décision importante, ils votent.

Chaque jour, le capitaine écrit tout ce qui se passe dans son journal de bord.

Si un pirate est malade, on le soigne avec des remèdes à base de plantes. S'il est blessé au bras ou à la jambe, très souvent il faut couper ! Il y a généralement un chirurgien à bord.

La vie à bord

Les pirates passent beaucoup de temps en mer. La vie à bord n'est pas toujours amusante, alors ils se distraient comme ils peuvent. Ils doivent aussi trouver de quoi se nourrir quand les provisions s'épuisent.

Pour se divertir entre les combats, les pirates jouent aux cartes ou aux dés.

Il est interdit de parier de l'argent : cela risquerait de déclencher des bagarres.

Les pirates sont à l'étroit dans les cales du navire. Quand il fait beau, ils préfèrent rester sur le pont.

Avant de prendre la mer, les pirates ont emporté des animaux tels que cochons, chèvres, poules pour avoir de la viande, du lait et des œufs.

Au début du voyage, le cuisinier (appelé le coq) prépare de bons petits plats avec les aliments frais contenus dans les réserves.

Les pirates boivent de l'eau, mais surtout beaucoup de rhum, leur boisson préférée.

Très vite, les réserves se vident et les rats grignotent le peu qui reste. Les pirates mangent alors des biscuits secs pleins d'asticots ou même des crottes de rat !

À l'abordage !

Les pirates ont repéré un navire marchand au large.
Ses cales doivent être pleines de trésors.
Le capitaine donne l'ordre
de passer à l'assaut.

Quand ils arrivent près du navire à aborder, les pirates lancent sur le pont de gros crochets de fer, des grappins, pour attacher les deux bateaux.

Parfois, pour aborder un navire marchand, les pirates dressent de faux pavillons et font croire aux marins qu'ils sont leurs alliés, ou bien ils se déguisent en femmes et appellent au secours. Trompés, les marins ne se méfient pas et s'approchent.

Pour immobiliser le navire ennemi, un pirate grimpe sur le gouvernail : c'est une acrobatie périlleuse ! Un autre escalade le mât pour couper les cordages des voiles à la hache.

Les pirates peuvent aussi faire exploser un bateau chargé de poudre juste à côté du navire marchand afin de faire diversion.

L'attaque

Armés de sabres, de pistolets et de poignards, les pirates envahissent le pont du navire qu'ils veulent piller. Si les marins refusent de se rendre, un combat sans merci s'engage. Les pirates sont prêts à tout pour l'emporter.

Les pirates ratissent les cales du navire et pillent tout ce qu'ils trouvent : voiles, vêtements, provisions, vaisselle, médicaments, armes, or, bijoux… Le butin est partagé entre les membres de l'équipage, même ceux qui n'ont pas combattu. Le capitaine reçoit la plus grosse part.

Les pirates sont sans pitié : ils jettent leurs ennemis par-dessus bord, les égorgent d'un coup de sabre, les tuent d'une balle dans le cœur…

Le navire attaqué peut être conservé par les pirates, qui s'en serviront pour leurs prochains assauts. Souvent, il est brûlé ou coulé, parfois avec les marins ligotés à bord !

Un univers sans pitié

La vie d'un pirate n'est pas de tout repos. Il risque sans cesse d'être blessé ou tué au combat, passe son temps à fuir la justice... Sur le bateau, il doit obéir aux règles. Sinon, il est puni et torturé.

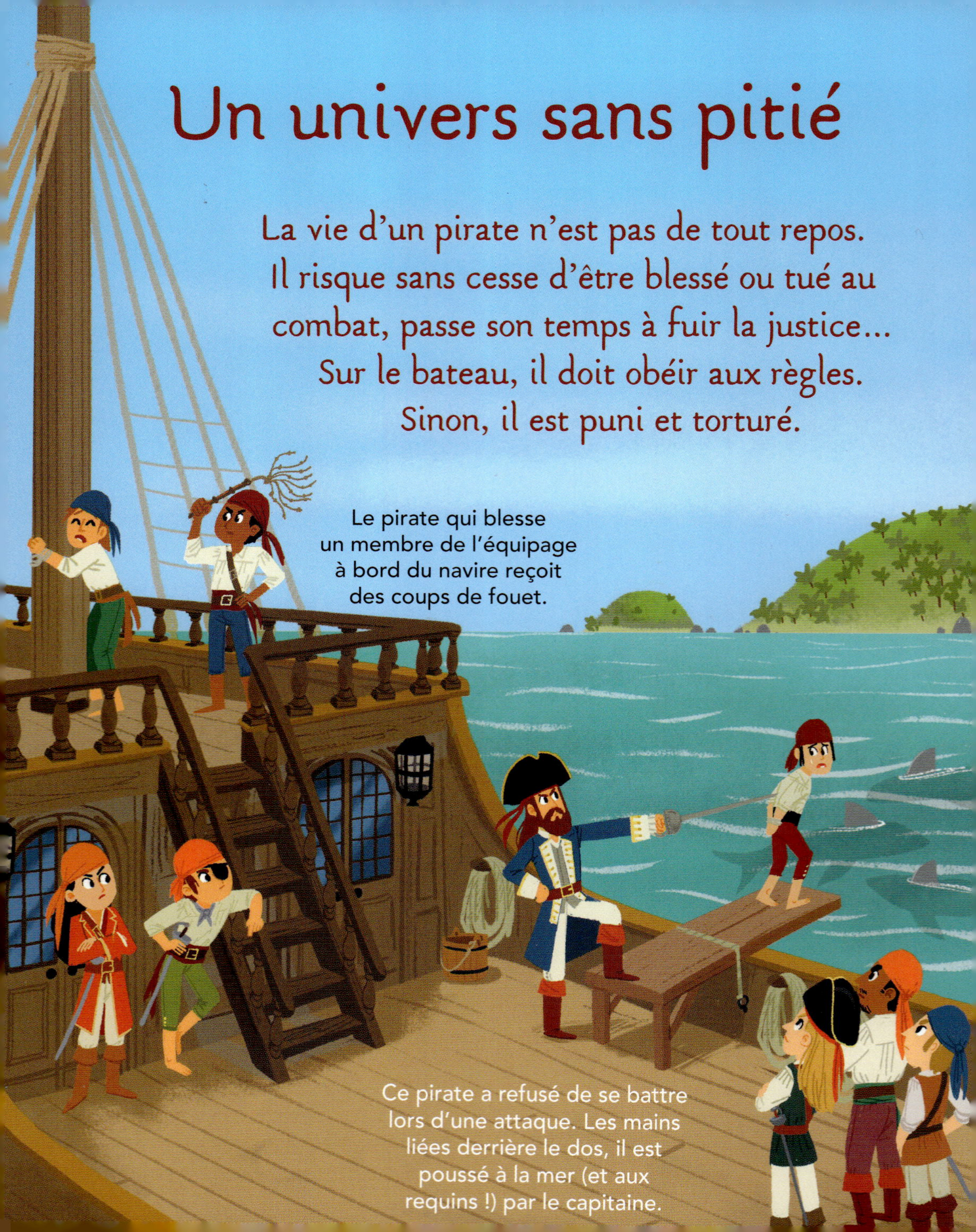

Le pirate qui blesse un membre de l'équipage à bord du navire reçoit des coups de fouet.

Ce pirate a refusé de se battre lors d'une attaque. Les mains liées derrière le dos, il est poussé à la mer (et aux requins !) par le capitaine.

Le pirate qui a volé ou trahi un secret est abandonné sur une île déserte, avec seulement une bouteille d'eau et quelques armes.

La plupart des pirates sont un jour attrapés et jugés lors d'un procès. Généralement, ils sont jetés en prison ou condamnés à mort.

Certains pirates sont pendus devant la foule. Puis leur corps est enfermé dans une cage en fer et exposé à la vue de tous.

Le pire châtiment pour un pirate est de croupir dans un navire-prison en attendant d'être jugé.

La vie à terre

Après avoir passé de longs mois en mer et mené de féroces combats, les pirates s'arrêtent dans un port pour profiter des richesses qu'ils ont dérobées, en amasser d'autres et prendre du bon temps.

Au port, les pirates font la loi partout où ils passent.
Ils revendent ce qu'ils ont volé lors de leurs attaques en mer, échangent les prisonniers contre de l'argent. Ils sèment la terreur dans les rues.

À terre, les pirates passent leurs soirées dans une taverne. Ils boivent du rhum, fument la pipe et jouent à des jeux d'argent.

Les pirates entrent même dans les maisons et forcent les habitants à leur donner leurs richesses. Ce sont de vrais brigands !

L'île aux pirates

Entre deux expéditions, les pirates se cachent sur une île déserte. Là, ils se reposent, se soignent, font des provisions et remettent à neuf la coque de leur bateau. Ils préparent aussi tranquillement les prochaines attaques.

Les pirates nettoient la coque de leur navire, grattent les coquillages et les algues qui s'y sont incrustés. Ils réparent les parties abîmées et les repeignent.

Pour remplir les cales de provisions avant de repartir en mer, les pirates font escale sur des îles. Ils chassent les animaux sauvages, pêchent des tortues marines, cueillent des fruits dans les bois. Ils font des réserves d'eau douce dans les lacs et les fleuves.

Certains profitent de cette escale à terre pour régler leurs comptes et se battre en duel.

Certains pirates enterrent leur butin dans un coin retiré de l'île pour se le partager plus tard. Le capitaine note l'emplacement sur une carte. Souvent, le trésor n'est jamais retrouvé !

Jeux

Parmi tous ces pirates, qui est le coq ?